Escrito por
Julia Donaldson

Ilustrado por
Lydia Monks

Lo que Escuchó la Mariquita Después

ediciones FORTUNA

Había una vez una granja en la que vivía
una mariquita que todo esto veía:

una vaca en el establo y en la cuadra un caballo,
sobre el muro del jardín dos gatos ronroneando;
un campo con ovejas y la paja del granero,
una pequeña caseta en la que dormía el perro;
un estanque con peces y una familia de patos,
una colmena de abejas y un corral para gansos;
una gran pila de estiércol y en la pocilga un cerdo,
y una gallina roja cuidando su gallinero.

La gallina roja, aunque tenía patas delgadas,
ponía muchos huevos que allí todos admiraban.
Pero un día se la escuchó pidiendo ayuda a gritos:
«¡Socorro, no están mis huevos! ¡Han desaparecido!».
Y desde entonces cada mañana ocurría igual
y todos se preguntaban: «¿Quién se los llevará?».

«¡Yo lo averiguaré!», la mariquita exclamó.
Así que voló y voló, y también vio y escuchó.

Vio que había dos hombres en un negro furgón
con una linterna, un saco y muy mala intención
(eran los ladrones Hugo el Zurdo y Len el Largo,
que a prisión habían ido y ya les habían soltado).
Y escuchó a Len contar cuál era el malvado plan:
«Los huevos de la gallina vamos a robar».

«Espera un momento», Hugo susurró.
«Robar la gallina estaría mucho mejor.
De noche al gallinero nos acercamos,
la gallina cogemos y nos marchamos.
Piensa en todos los huevos que pondrá
y en el dinero que nos hará ganar».

Y Len respondió: «Muy ricos seremos.
Ya puedo notar el dinero entre los dedos».

La mariquita volvió a la granja volando
y contó a todos lo que había escuchado:
«Hugo el Zurdo y Len el Largo tienen un plan:
venir a la granja y la gallina robar».

«¡MUUU!» dijo la vaca y «¡OOON!» dijo el ganso.
«¡CLOC!» dijo la gallina y «¡CUAC!» dijo el pato.
«¡HIII!» dijo el caballo y «¡OINK!» dijo el cerdo.
«¡BEEE!» dijo la oveja y «¡GUAU!» dijo el perro.

Y los gatos maullaron: «¡Vaya par de malvados!
No dejaremos que se lleven la gallina a ningún lado».
Pero la mariquita dijo: «Venid rápido. ¡Escuchad!
Se me acaba de ocurrir un maravilloso plan».

A medianoche, los dos hombres malos
fueron al gallinero y a su presa sacaron.
Pero la pobre gallina empezó a cacarear:
«A la pata del estanque os deberíais llevar.

El tamaño de sus huevos es mucho mayor
y la gente dice que lo mejor es su sabor».
«Muy bien pensado», dijo Len el Largo,
y de puntillas al estanque se acercaron.

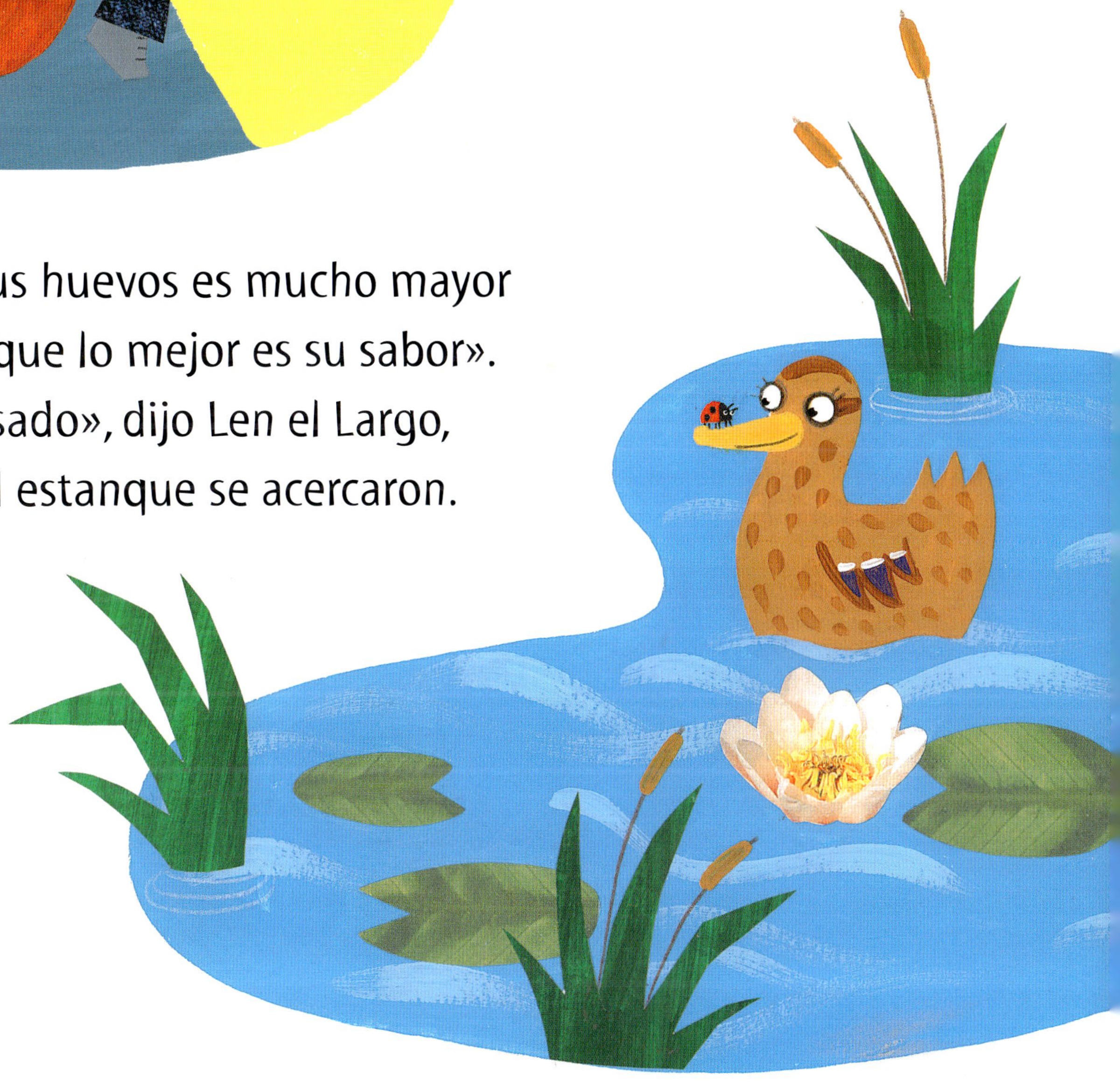

Pero la aterrada pata empezó a graznar:
«A la gansa del corral os deberíais llevar.
Al ser más grande y comer mucho pienso,
pone unos huevos de tamaño inmenso.
Y además su sabor es sensacional».
Y dijo Hugo el Zurdo: «Una idea genial».

Pero cuando la intentaron capturar,
la asustada gansa empezó a grajear:
«¿Por qué llevarme a mí si no hay nada
como los huevos de la pavitonta rosada?».

«¿Cómo? ¿Quién?», preguntaron Hugo y Len.
Y ella les respondió: «Aquí lo sabemos bien.
En la granja sus huevos son de los mejores
y además son enormes, del tamaño de balones».

La pata añadió: «Le gusta agradar
y se irá con vosotros sin rechistar.
Dinero a montones os hará ganar
y no tendréis que robar nunca más».
«¿Y dónde está?», Len el Largo preguntó.
«No lejos de aquí», la gallina replicó.
«Vive en el interior de esa pila marrón.
Ahora estará durmiendo como un lirón».

Los ladrones dijeron: «¡Nuestra la haremos!
Cojamos la pala y a excavar empecemos».
Mientras excavaban, no dejaban de exclamar:
«¡Qué peste! ¡Qué olor! No se puede aguantar».

Entonces Len dijo: «¿Dónde se mete?
Cava que te cava, pero no aparece».
«Es muy tímida», la gansa replicó.
«Estará bien escondida en el interior».

Así que un túnel bien profundo hicieron
y, en cuanto acabaron, en él se metieron.

Y Len dijo: «Al centro llegaremos en nada.
Por fin será nuestra la pavitonta rosada».

Pero… se derrumbó sobre ellos la pila de estiércol
y los bandidos quedaron por la caca cubiertos.

Y Len dijo enfadado: «¡Nos han engañado!
La pavitonta no existe, se la han inventado».

Los animales, rodeando a los bandidos,
empezaron a hacer cada uno su sonido.

¡Qué alboroto! ¡Qué algarabía! ¡Qué jaleo!

El granjero se despertó con aquella zapatiesta
y fue corriendo a avisar a la reina de las abejas.

Y mientras todas las abejas les perseguían,
los cacos se prometieron que allí no volverían.

«¡MUUU!» dijo la vaca y «¡OOON!» dijo el ganso.
«¡CLOC!» dijo la gallina y «¡CUAC!» dijo el pato.
«¡HIII!» dijo el caballo y «¡OINK!» dijo el cerdo.
«¡BEEE!» dijo la oveja y «¡GUAU!» dijo el perro.
El granjero lo celebraba y los gatos ronroneaban.

Pero la mariquita no dijo nada de nada…
Ni tampoco lo hizo la pavitonta rosada.

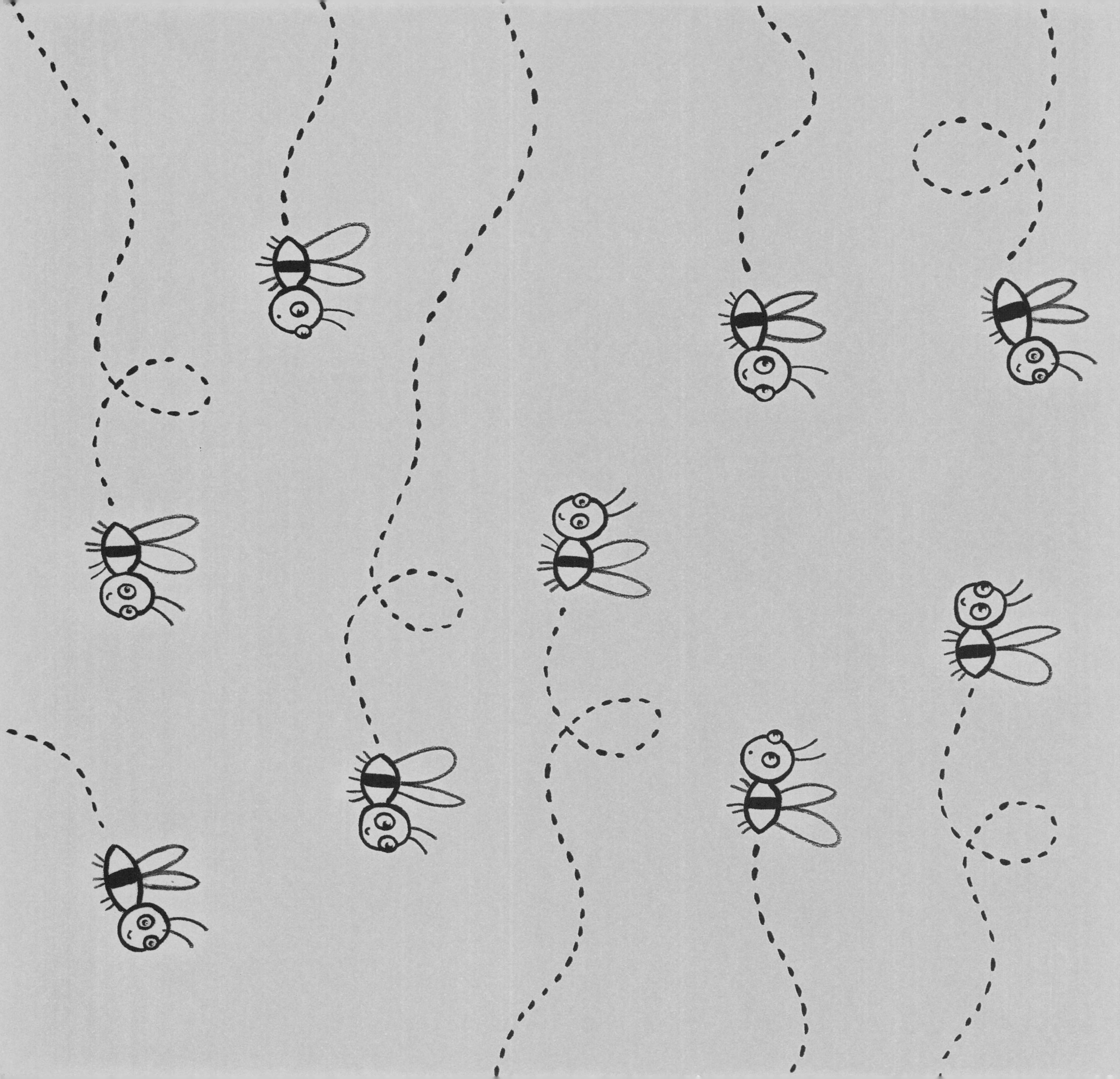